No Fair to Tigers
No Es Justo Para los Tigres

by/por Eric Hoffman
illustrated by/ilustrado por Janice Lee Porter
translated by/traducido por Carmen Sosa Masso

Redleaf Press

Printed in Singapore

Published by: Redleaf Press
                  a division of Resources for Child Caring
                  450 North Syndicate, Suite 5
                  St. Paul, MN 55104

Distributed by: Gryphon House
                  Mailing Address:
                  P.O. Box 207
                  Beltsville, MD 20704-0207

Library of Congress Cataloging-in-Publication Data

Hoffman, Eric, 1950–
    No fair to tigers / written by Eric Hoffman ; illustrated by
Janice Lee Porter ; translated by Carmen Sosa-Masso = No es justo
para los tigres / escrito por Eric Hoffman ; ilustrado por Janice
Lee Porter ; traducido por Carmen Sosa-Masso.
       p.   cm. – (Anti-bias books for kids)
    Summary: After she fixes up her ragged stuffed toy Old Tiger with
the help of all her family members, Mandy takes him to the pet store
for tiger food but finds that she cannot get her wheelchair inside
because of the steps out front.
    ISBN 1-884834-62-0
    [1. Toys—Fiction. 2. Tigers—Fiction. 3. Wheelchairs—Fiction.
4. Physically handicapped—Fiction. 5. Spanish language materials –
– Bilingual.] I. Porter, Janice Lee, ill. II. Sosa-Masso, Carmen.
III. Title. IV. Title: No es justo para los tigres. V. Series.
PZ73.H627   1999
[E]—dc21   99-13777
                                                       CIP

When Mandy finally found Old Tiger, one of his ears was falling off, and his tail wasn't anywhere anymore.

"Old Tiger," Mandy said, "You're a dusty dirty mess. I'll have to fix you up."

So she took Old Tiger to Daddy.

Cuando Mandy al fin encontró al Viejo Tigre, una de sus orejas se estaba cayendo y su rabo se había perdido.

"Viejo Tigre," dijo Mandy, "Estás sucio y desordenado. Tendré que arreglarte." Así que llevó al Viejo Tigre a su Papá.

Daddy," said Mandy, "Old Tiger says he chased a hippopotamus into a mud hole. Can we wash him, please?"

"I'll take him to the laundromat," Daddy said.

Papá," dijo Mandy, "El Viejo Tigre dice que corrió tras de un hipopótamo en un charco de lodo. ¿Podemos lavarlo por favor?"

"Lo llevaré a la lavandería," dijo Papá.

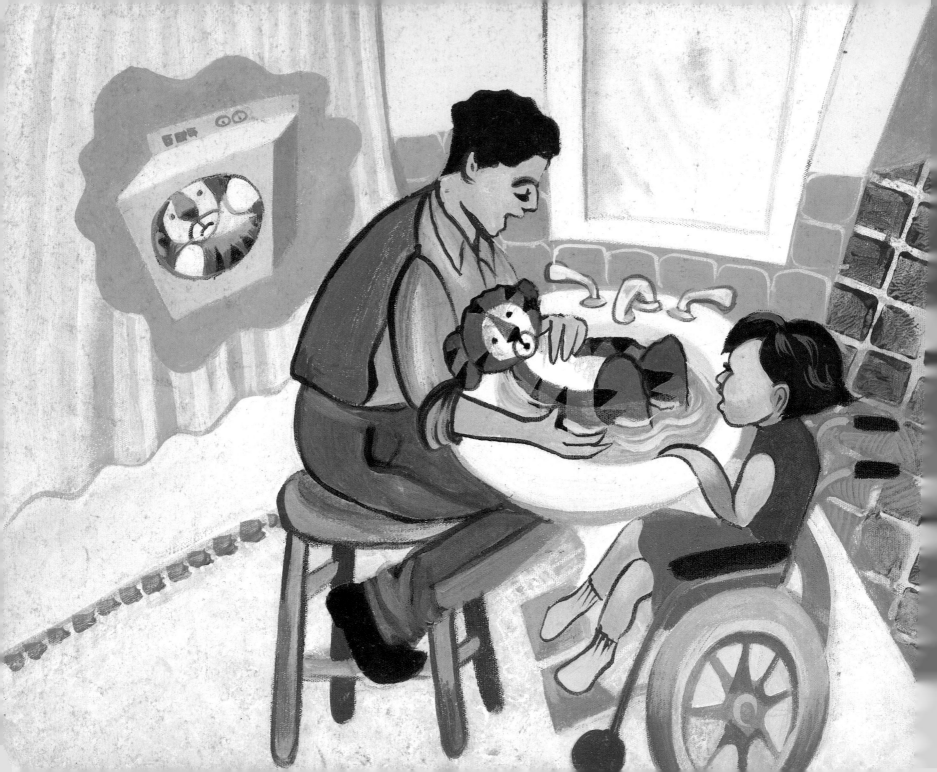

Put a tiger in a washing machine? Locked up, like a cage?

"No fair," said Mandy. "That's no fair to tigers."

So they washed Old Tiger in the bathroom sink and put him out on the balcony for a warm nap.

"Thanks, Daddy," said Mandy.

Vas a poner el tigre en la lavadora? ¿Encerrado, como en una Jaula?

"No es justo," dijo Mandy. "Eso no es justo para los tigres."

Así que lavaron al Viejo Tigre en el lavamanos y lo pusieron en el balcón para que se secara mientras dormía su siesta.

"Gracias, Papá," dijo Mandy.

When Old Tiger was dry, Mandy showed him to her big brother.

"Derek," said Mandy, "Old Tiger says he had a fight with an alligator. Can we fix him, please?"

"We can sew his ear back on," Derek said, "and we'll use a cotton ball for his tail."

Cuando el Viejo Tigre se secó, Mandy lo enseñó a su hermano mayor.

"Derek," dijo Mandy, "El Viejo Tigre dice que ha tenido una pelea con un caimán. ¿Podríamos arreglarlo por favor?"

"Podemos coser su oreja," dijo Derek, "y usaremos un algodón para su rabo."

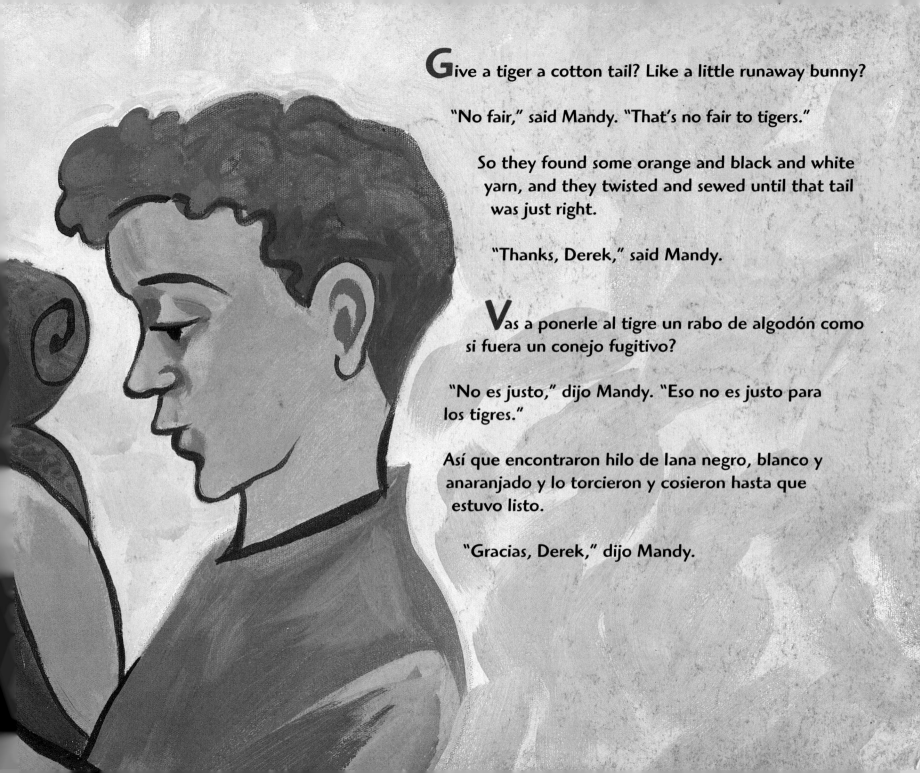

Give a tiger a cotton tail? Like a little runaway bunny?

"No fair," said Mandy. "That's no fair to tigers."

So they found some orange and black and white yarn, and they twisted and sewed until that tail was just right.

"Thanks, Derek," said Mandy.

Vas a ponerle al tigre un rabo de algodón como si fuera un conejo fugitivo?

"No es justo," dijo Mandy. "Eso no es justo para los tigres."

Así que encontraron hilo de lana negro, blanco y anaranjado y lo torcieron y cosieron hasta que estuvo listo.

"Gracias, Derek," dijo Mandy.

Just as they finished sewing, Mandy's sister came home from her softball game.

"Allie," said Mandy, "Old Tiger says he's so hungry he could eat a rhinoceros. Can we catch one for him, please?"

"He must have scared them all away," Allie said. "How about a peanut butter sandwich?"

Cuando estaban terminando de coser, la hermana de Mandy llegó a la casa de su juego de pelota.

"Allie," dijo Mandy. "El Viejo Tigre dice que tiene tanta hambre que se puede comer un rinoceronte. ¿Podríamos capturar uno para él, por favor?"

"El los habrá espantado a todos," dijo Allie. "¿Qué te parece un emparedado de crema de cacahuate?"

Peanut butter for a tiger? That's people food!

"No fair," said Mandy. "That's no fair to tigers. Can we get some tiger food at the pet store? We can run like cheetahs."

"We can stop on the way to the library," Allie said. "But how am I supposed to keep up with a cheetah?"

Crema de cacahuate para un tigre? Esa es comida para personas!

"No es justo," dijo Mandy. "Eso no es justo para los tigres. ¿Podemos conseguir comida para tigres en la Tienda de Animales? Podemos correr como los chitas."

"Podemos parar camino a la biblioteca," dijo Allie. "Pero, ¿cómo voy a mantenerme a la par con una chita?"

On the sidewalk, Mandy wheeled herself as fast and quiet as a jungle cat. But when she got to the store, she had to stop. There were three giant steps out front. GROWL!

"That's no fair," she whispered to Old Tiger.

"That's no fair," she said out loud to Allie.

"You're right," said Allie. "Should I find somebody to help carry you in?"

"No!" said Mandy. "I hate being picked up like a puppy dog!"

En la acera Mandy rodó tan silenciosa y rápida como un gato en la jungla. Pero cuando llegó a la tienda tuvo que parar, había tres escalones gigantes en frente. GROWL!

"No es justo," le murmuró al Viejo Tigre.

"No es justo," le dijo en voz alta a Allie.

"Tienes razón," dijo Allie. "¿Busco a alguien para que te cargue adentro?"

"¡No!" dijo Mandy "¡No me gusta que me carguen como un perrito!"

So instead of carrying Mandy in, Allie asked the storekeeper to come out. Mandy told him all about Old Tiger. He didn't have any tiger food, but he gave her a cat cracker treat, for free!

En vez de llevar a Mandy adentro, Allie le pidió al comerciante que saliera. Mandy le contó todo sobre el Viejo Tigre. El no tenía comida para tigres, pero le dio una galleta para gatos gratis.

Mandy said, "Old Tiger says thanks. He likes those crackers a lot."

"You're welcome," the shopkeeper said. "Come again, Old Tiger."

"He would like that," said Mandy, waving goodbye as she sped off down the sidewalk. "But he says we need a ramp so we can get our own selves in."

Mandy dijo, "El Viejo Tigre le da las gracias. A él le gustan mucho esas galletas."

"De nada," dijo el comerciante. "Vuelve otra vez, Viejo Tigre."

"Eso le gustaría," dijo Mandy, diciendo adiós mientras se apresuraba cuesta abajo en la acera.

"Pero él dice que necesitamos una rampa para que nosotros podamos entrar sin ayuda."

That night, when Mama got home from work, Mandy said, "Mama, Old Tiger says he's all tired out from chasing gators and hippos and rhinos and cheetahs. Can we make him a bed, please?"

"He can sleep next to your fish tank," Mama said.

Esa noche, cuando Mamá llegó del trabajo Mandy dijo, "Mamá, el Viejo Tigre dice que está cansado de andar persiguiendo caimanes, hipopótamos, rinocerontes y chitas. ¿Podemos hacerle su cama, por favor?"

"El puede dormir al lado de la pecera," dijo Mamá.

Leave a tiger on the cold shelf all night?
Far away from his best friend?

"No fair," said Mandy. "That's no fair to tigers."

So they put a basket next to Mandy's pillow,
and Mandy tucked him in. Then Mama helped
Mandy out of her chair and into bed. Sometimes
she was just too tired to do it herself.

"Thanks, Mama," said Mandy.

Dejar a un tigre en un estante frío toda la
noche? ¿Lejos de su mejor amiga?

"No es justo," dijo Mandy. "Eso no es justo
para los tigres."

Así que pusieron una canasta al lado de la
almohada de Mandy. Mamá ayudó a Mandy a
levantarse de su silla para acostarla en su cama.
Algunas veces ella estaba demasiado cansada
para hacerlo sola.

"Gracias, Mamá," dijo Mandy.

Sweet dreams," Mama said, and kissed Mandy's forehead.

"Sweet dreams, Mama," said Mandy. "Sweet dreams, Old Tiger."
She thought she heard him purring.

"You're welcome," Mandy whispered, just as the lights went out.

Dulces sueños," dijo Mamá y besó a Mandy en la frente.

"Dulces sueños, Mamá, " dijo Mandy. "Dulces sueños, Viejo Tigre."
Pensó escucharlo susurrar.

"De nada," Mandy murmuró, al instante en que las luces
se apagaron.

A Note to Parents, Teachers, and Other Caregivers

In *No Fair to Tigers*, Mandy's family helps her develop empathy, responsibility, and a passion for justice by taking her ideas and feelings seriously. Young children's ideas about justice grow out of the many small encounters they have with fairness and unfairness every day. When adults encourage children to speak up for themselves and others in these situations and help them think of ways to resolve problems, they are preparing children to tackle the larger social injustices they will encounter in their lives. They are giving children a precious gift—hope.

Here are some ways you can use the ideas in *No Fair to Tigers* to help young children develop empathy and think about fairness at home and in the classroom:

◆ Make up stories with children about their favorite animals, toys, dolls, and puppets. How can children take care of these "friends"? What are fair ways to treat them? Occasionally bring up the same questions when children pretend to be animals in their play.

◆ If you keep live animals, involve children in thinking about and improving their living conditions. Help children handle animals respectfully, including worms, spiders, and other small creatures.

◆ When a child gets hurt or needs help, ask other children to think about what that child needs. Get them involved in the care, rather than doing all of the caregiving yourself.

◆ Ask children to look for places in your home or classroom that would be inaccessible to Mandy. Help the children research the accessibility needs of people who use wheelchairs. Invite an adult who uses a wheelchair to visit. What do people who use wheelchairs need to make a space accessible? How can the children make their space more accessible?

◆ While Mandy uses a wheelchair and accessibility is important to her, she is more than a person in a wheelchair. Help children learn more about the people in your classroom or community who use wheelchairs or other adaptive equipment. What are their interests? What do they do for work? Who is in their families? How do they help take care of others?

Una nota para los padres, maestros y otros proveedores

En *No Es Justo Para los Tigres* la familia de Mandy la ayuda a desarrollar empatía, responsabilidad y una pasión por la justicia cuando toman seriamente sus ideas y sentimientos. Las ideas que los niños se forman sobre lo que es justo e injusto se desarrollan a partir de los pequeños encuentros diarios. Cuando los adultos animamos a los niños a expresarse con otros en situaciones similares los ayudamos a pensar en cómo resolver problemas, los ayudamos a prepararse para afrontar las injusticias de la sociedad que encontrarán en sus vidas. Le damos regalo un precioso y un sentido de esperanza.

Algunas maneras de cómo se pueden usar las ideas en *No Es Justo Para los Tigres* para ayudar a los niños a desarrollar empatía y pensar sobre lo que es justo en el hogar y en la clase:

◆ Hacer historias con los niños sobre su animal favorito, juguetes, muñecas y títeres. ¿Cómo es que los niños pueden cuidar de estos "amigos?" ¿Cuáles son las maneras justas para tratarlos? De vez en cuando hacemos las mismas preguntas cuando los niños pretenden ser los animales en sus juegos.

◆ Si tienen animales, alienten a los niños a pensar sobre cómo mejorar sus condiciones de vida. Ayuden a los niños a tratar a los animales con respeto, inclusive a los gusanos, arañas, y otras pequeñas criaturas.

◆ Cuando un niño se ha lastimado o necesita ayuda, pregúnteles a los otros niños qúe es lo que deben hacer. Involucre a los niños en el cuidado, en vez de hacerlo usted todo.

◆ Pídales a los niños que busquen lugares en sus casas o en el salón de clases que serían inaccesibles para Mandy. Ayude a los niños a investigar acerca de los problemas de accesibilidad que enfrentan las personas que usan sillas de ruedas. Invite a un adulto que use una silla de ruedas a la clase. ¿Qué necesitan las personas que usan sillas de ruedas para que un espacio sea accesible para ellos? ¿Qué pueden hacer los niños para que su espacio sea más accesible?

◆ Aunque Mandy usa una silla de ruedas y la accesibilidad es importante para ella, Mandy es más que una persona en una silla de ruedas. Ayude a los niños a aprender más acerca de las personas, en su clase o comunidad, que usan silla de ruedas. ¿Cuáles son sus intereses? ¿Cómo se ganan la vida? ¿Cómo son sus familias? ¿Cómo se ayuden unos a otros?

Anti-Bias Books for Kids
*Teaching Children
New Ways to Know the
People Around Them*

Libros Anti-Prejuciosos para Niños
*Enseñando a los niños nuevas maneras
para llegar a conocer a las personas
que los rodean*

Anti-Bias Books for Kids are designed to help children recognize the biases present in their everyday lives and to promote caring interaction with all kinds of people. The characters in each story inspire children to stand up against bias and injustice and to seek positive changes in themselves and their communities.

Los Libros Anti-Prejuiciosos están diseñados para ayudar a los niños a reconocer los prejuicios que existen en su vida diaria y para promover el cuidado en las interacciones con todo tipo de personas. Los personajes en cada cuento inspiran a los niños a enfrentar los prejuicios y las injusticias y alienta cambios positivos en ellos mismos y su comunidad.

Play Lady
La Señora Juguetona
by/por Eric Hoffman
illustrated by/ilustrado por Suzanne Tornquist
translated by/traducido por Carmen Sosa Masso

The neighborhood children help Play Lady
when she's the victim of a hate crime.

Los niños de la comunidad ayudan a la Señora Juguetona
cuando ella es víctima de un crimen motivado por el odio.

No Fair to Tigers
No Es Justo Para los Tigres
by/por Eric Hoffman
illustrated by/ilustrado por Janice Lee Porter
translated by/traducido por Carmen Sosa Masso

Mandy and her stuffed tiger ask for fair treatment.

Mandy y su tigre de peluche piden un trato justo.

For more information call/Para más informatión llame
1-800-423-8309